A Saga de Beowulf

MITOS em CORDEL

Projeto gráfico, diagramação e revisão: Antonieta Canelas
Capa e ilustrações: Luciano Tasso

CIP - Brasil - Catalogação na Fonte
Sindicato Nacional dos Editores de Livros, RJ

H312s
Haurélio, Marco, 1974
A saga de Beowulf ; Marco Haurélio; ilustrações Luciano Tasso.
1.ed. São Paulo : Aquariana, 2013.
64p. : il. ; 21 cm (Mitos em cordel)

ISBN 978-85-7217-166-3

1.Literatura de cordel brasileira - 2. Poesia brasileira (Literatura) I. Título II. Série.

13-0554. CDD: 389.5
CDU: 398.5

21.01.13 29.01.13 042384

EDITORA AQUARIANA LTDA.
Rua Lacedemônia, 87 s/l - Jd. Brasil
04634-020 São Paulo - SP
Tel.: (11) 5031.1500 / Fax: (11) 5031.3462
vendas@aquariana.com.br / www.aquariana.com.br

A Saga de Beowulf

Marco Haurélio

ILUSTRAÇÕES

Luciano Tasso

1ª edição

São Paulo / 2013

EDITORA AQUARIANA

Apresentação

Escrito na Inglaterra, entre os séculos VIII e XI, o poema épico *Beowulf* é muito mais do que a rememoração dos feitos lendários de um herói escandinavo, cujas façanhas, ampliadas pela imaginação, mereceram a imortalidade. A obra é composta por 3.182 versos aliterativos, sem rimas, em *old english* (inglês antigo). O único manuscrito que sobreviveu até os dias atuais data do início do século XI. Conhecido também como *Cotton Vitelius A. XV*, é a reunião de dois códices (manuscritos): *Southwick Codex* e *Nowell Codex*. Neste último, cujo nome deriva de seu proprietário à época, Lawrence Nowell, é contada a história de Beowulf. O manuscrito quase sempre era lembrado apenas pelos historiadores e linguistas, até que J.R.R. Tolkien, criador da saga *O Senhor dos Anéis*, no ensaio *Beowulf: the Monsters and the Critics*, chamou a atenção para o seu valor literário, numa abordagem inovadora.

De autor desconhecido, o poema narra os grandes feitos de Beowulf, herói dos godos (ou getas), povo que habitava a Gotlândia, região localizada no sul da Suécia. Apesar de situar-se na Escandinávia ainda impregnada pelas tradições pagãs, há, na obra, algumas referências à Bíblia, indicando que o autor ou compilador era cristão. Entre os grandes feitos do herói estão: a luta com Grendel, espécie de ogro que simbolizava a humanidade decaída e atormentava a corte de Hrothgar, rei dos daneses (ancestrais dos atuais dinamarqueses) no salão de festas do palácio Heorot (ou o *Cervo*), onde se reuniam os grandes heróis da corte dinamarquesa;

o combate à mãe de Grendel, no covil onde ela se esconde com seu demoníaco filho. E, por fim, a última aventura do herói, cinquenta anos depois de haver ascendido ao trono da Gotlândia, quando é obrigado a enfrentar um dragão, que provoca vários danos ao país após ter parte de seu tesouro roubada por um imprudente súdito.

A história e a lenda

Não há nenhum documento histórico que ateste a existência de Beowulf. Outros personagens da saga, no entanto, aparecem em antigas crônicas, anteriores à composição do poema, que se dá numa Inglaterra parcialmente convertida ao cristianismo. Gregório de Tours, bispo católico que teria vivido entre os anos 538 e 594, descreve na *Historia francorum* (História dos francos) como Hygelacc, tio do herói e soberano dos godos, morre em batalha com os francos, em 521. No poema, ele morre em luta com os frísios.

Hrothgar, o quinto monarca da dinastia dos Scyldings, por quem Beowulf empenha sua coragem e sua honra, é um personagem autenticado pela história. O palácio Heorot, cenário dos ataques de Grendel, localizava-se na ilha de Sjealland, próximo à atual cidade de Roskilde. Hrothgar descende do lendário Scyld Scefing, que chegara à Dinamarca ainda criança, trazido em um navio, do qual era o único tripulante. Depois de notáveis feitos, sobe ao trono e, ao morrer, reverenciado pelo povo, seu corpo é posto num navio e, assim, ele retorna ao mesmo mar de onde saíra, de forma tão misteriosa. É esta dinastia que Beowulf, ao combater Grendel, deve salvar da aniquilação. Ela será, conforme tradições antigas, o tronco de uma dinastia anglo-saxã, que reinará sobre a Inglaterra.

Beowulf no cinema

Quatro produções cinematográficas recontam a saga do grande herói escandinavo. O primeiro, *Grendel, Grendel, Grendel* (Austrália, 1981), dirigido por Alexander Stitt, é um longa de animação em que o adversário de Beowulf é o protagonista narrador. O segundo, *Beowulf* (EUA/Inglaterra, 1999), traz o francês Christopher Lambert no papel do herói, mas desloca a ação para um distante futuro. Dirigido por Graham Baker, a película faz de Grendel um filho bastardo de Hrothgar, entre outras liberdades, que incluem um par romântico para o protagonista.

As produções mais recentes possuem caprichados efeitos especiais, mas ainda não fazem jus ao poema em que se inspiram. *A lenda de Grendel* (EUA, 2005), dirigida por Sturla Gunnarsson, apresenta Grendel como um *troll* (criatura monstruosa do folclore norueguês) e não como uma encarnação do mal, desviando-se perigosamente do poema original. Beowulf, desta vez, é vivido por Gerald Butler e Hrothgar, como sempre, é um personagem contraditório, que paga o preço da imprudência.

A adaptação mais recente é a badalada *A lenda de Beowulf* (EUA, 2007), com direção de Robert Zemeckis, que utiliza o sistema *Imagemotion*, que sobrepõe a animação aos movimentos reais dos atores. A atribuição de uma personalidade arrogante a Beowulf, que busca o sucesso a qualquer preço, é o menor problema do filme, que transforma Grendel em filho de Hrothgar, repetindo a abordagem do filme de 1999. Ao mesmo tempo, faz do dragão que luta com Beowulf um filho deste com a mãe de Grendel. Mais que uma liberdade, o roteiro, assinado por Neil Gaiman e Roger Avary, copia a lenda arturiana, na qual o Rei Artur sucumbe em um duelo com Mordred, filho que tivera com a feiticeira Morgana.

Herói também no cordel

A recriação do poema épico *Beowulf* em cordel reproduz, na medida do possível, os eventos narrados na obra que lhe serve de inspiração. Procurei não mudar os valores atribuídos aos personagens, preservando as características definidoras, como o ideal de honra e lealdade que faz de Beowulf um guerreiro ímpar. Fiz, no entanto, algumas opções, no sentido de tornar a leitura mais agradável, especialmente por recontar a lenda em versos de sete sílabas, ou redondilha maior. Por exemplo, o salão Hereot aparecerá sempre designado como o *Cervo*[1]. Outras opções, como a adoção da forma *Waldiwa* para a rainha da Dinamarca, Wealththeow, e de *Egídio* em vez Ecgtheow para o pai de Beowulf, tem o mesmo propósito. Isso fica claro na estrofe em que o herói se apresenta ao rei Hrothgar:

Sou da corte da Gotlândia,
Da estirpe do deus Donar.
Meu pai se chamou Egídio,
Foi um guerreiro sem par,
Cunhado de Hygelac,
Que hoje governa o lugar.

E em outra, que descreve o banquete servido em honra do herói:

Daí a pouco o salão
Ficou mais iluminado.
Waldiwa, esposa do rei,
Veio sentar-se a seu lado,
Enquanto o hidromel era
Por todos apreciado.

Mas, no geral, estas licenças se dão a partir de formas já utilizadas. Além do mais, os nomes dos personagens, ao longo do tempo, foram grafados de diferentes formas.

---

[1] Nair Lacerda, em *Maravilhas do conto mitológico*, Cultrix, 1959, opta pela palavra traduzida, aproximando o leitor brasileiro de seu sentido original.

A publicação em cordel do *Beowulf* coroa uma faceta da chamada literatura popular ou de folhetos, que sempre reservou espaço para histórias em que o universo fantástico é povoado por heróis, gigantes e outras criaturas do imaginário medieval. Um exemplo é o clássico *História de Juvenal e o dragão*, de Leandro Gomes de Barros, um dos pioneiros do cordel. Outro, *História de João Acaba-Mundo e a serpente negra*, de Minelvino Francisco Silva, traz um herói de força prodigiosa, a exemplo de Beowulf, como comprovamos nesta estrofe:

Joãozinho com doze anos
Era forte rapagão.
Na coragem era Vilela
E na força era Sansão.
Um murro do braço dele
Descangotava um leão!

Espero, com esta versão rimada, despertar o interesse do público para as aventuras deste herói lendário que conheci ainda na infância, em um livro que reunia histórias mitológicas oriundas de vários países.

Marco Haurélio

A SAGA DE

Beowulf

Que a poesia dos bardos
Ilumine a minha mente
Para que eu possa falar
Sobre um guerreiro valente,
Numa aventura fantástica
Que emocionou muita gente.

Conduzido pela Musa,
Espero aqui ter a sorte,
Narrando a vida de um bravo,
Dentre todos o mais forte,
Que brilhou intensamente
Até o dia da morte.

Porém, para começar,
Falaremos de um monarca,
O famoso Hrothgar,
Que deixou a sua marca
Na região dos daneses,
A atual Dinamarca.

Com seus valentes guerreiros,
Ele se estabeleceu
Nessa terra hospitaleira
Que tão bem o recebeu,
Onde um palácio soberbo
Com bastante esforço ergueu.

Era chamado de o *Cervo*
Aquele grande edifício,
Pois em seus salões alegres
Não preponderava o vício
E o bondoso rei cumpria
Com louvor o seu ofício.

As ameias do palácio
Livravam-no dos perigos,
Das tempestades insanas,
Da fúria dos inimigos,
Mas não puderam conter
O pior dentre os castigos.

Este castigo atendia
Pelo nome de Grendel,
Um gigante antropomorfo[2],
Um assassino cruel,
Cuja malvadez não pode
Ser descrita no papel.

Nas profundezas do pântano
Aquele monstro vivia,
E somente pra caçar
Daquele antro saía.
Onde passava, deixava
A morte, a dor, a agonia.

Ele acompanhou de longe
A construção do castelo,
A imponência do reino
Que se tornara tão belo,
Mas agora enfrentaria
O mais terrível flagelo.

---

[2] Que possui forma humana.

O monstro chegava perto
Da esplendorosa morada
Quando já se aproximava
A barra da madrugada
E os bons guerreiros dormiam,
Nessa hora malfadada.

Os mais próximos do portão
Foram na hora esmagados.
Depois oito ou dez guerreiros
Acabaram trucidados.
Só se ouviam os lamentos
E os gritos dos desgraçados.

Depois que plantou a morte,
Aquele perverso ser
Retornou para os abismos,
Onde pôde se esconder,
Deixando no *Cervo* as marcas
Do seu maligno poder.

Pela manhã, Hrothgar,
Dos barões acompanhado,
Ao adentrar o salão,
Onde Grendel tinha estado,
Contemplou o quadro triste
No espaço ensanguentado.

— De onde veio a fúria horrível? —
Perguntava o soberano.
— Um ser com tanta maldade
Não é do gênero humano,
Porque o pior da espécie
Não pode ser tão tirano!

Ele, que havia dormido
Em dependência afastada,
Não sabia da tragédia,
Não atinara com nada,
Ao despertar encontrou
A morte em sua morada.

Aquele dia foi só
De dores e de lamentos,
Até que a noite chegou
Trazendo maus pensamentos.
Por isso o rei não queria
Ir para os seus aposentos.

Porém os fiéis guerreiros:
Imploraram: — Meu senhor,
Não deve se preocupar
Com o demônio traidor,
Pois, despertos, mostraremos
A ele o nosso valor.

Pelos heróis convencido,
Hrothgar se recolheu.
Enquanto montavam guarda,
Nada estranho aconteceu,
Até que, de madrugada,
Um grande sono os venceu.

Naquela hora fatal
Chegou o monstro cruel.
E os descuidados guerreiros
Sorveram taça de fel,
Pois foram despedaçados
Pelas garras de Grendel.

Após deixar no palácio
Tão profundas cicatrizes,
Cravar a marca da morte,
Plantar da dor os matizes,
O monstro fugiu dali
Levando dois infelizes.

E as investidas do ogro
Duraram todo o inverno.
Hrothgar e seus guerreiros,
Nesse sofrimento eterno,
Sem forças para enfrentar
Esse enviado do inferno.

Quando despontou no céu,
O sol já anunciava
O fim de uma nobre estirpe,
Pois muito pouco restava,
Mas a desdita do rei
A outro país chegava.

Na terra de Hygelac,
Dos godos o grande rei,
Seu sobrinho Beowulf
Fez da coragem a lei,
Por ser o braço mais forte
Dos homens daquela grei.

Quando este moço valente
Soube da grande desgraça
Que assolava a Dinamarca,
Pediu pegando a couraça:
— Bom tio, deixa que acabe
Com o monstro e sua raça.

Suplico-te: dá-me uma nau
Pra fazer a travessia.
Contra esse monstro infernal
Quero mostrar valentia.
Se encontrá-lo, ele jamais
Verá a luz de outro dia!

Hygelac respondeu:
— A concessão está dada. —
E Beowulf escolheu,
Para a famosa empreitada,
Somente catorze homens
De coragem comprovada.

Seguiram no veloz barco
E, com o vento a favor,
Chegaram logo ao país
Onde reinava o pavor,
Pois queriam derrotar
O monstro devorador.

Onde as ondas furiosas
Rebentavam no rochedo,
Assim que o barco atracou,
Desceu, sem pedir segredo,
O guerreiro Beowulf,
Que desconhecia o medo.

Em direção ao castelo,
Foi andando o bravo moço,
Seguido dos companheiros,
Sem um pingo de sobrosso[3].
Quando a sentinela os viu,
Ficou em grande alvoroço.

— Quem são vocês que hoje chegam
A esta terra sem sorte?
— Sou Beowulf e venho
Tentar, com meu braço forte,
Libertar a Dinamarca
Do triste laço da morte.

Sou da corte da Gotlândia,
Da estirpe do deus Donar[4].
Meu pai se chamou Egídio,
Foi um guerreiro sem par,
Cunhado de Hygelac,
Que hoje governa o lugar.

A sentinela lhes disse:
— Que grande felicidade
Recebê-los neste reino,
Curvado pela maldade.
Vamos urgente falar
Com a nossa Majestade.

---

[3] Medo, embaraço.
[4] Um dos nomes de Thor, deus dos raios e trovões, no alto-alemão antigo.

Na antessala do palácio
Foram logo apresentados
A um nobre, Wolfgar,
E, em seguida, eram levados
À presença do senhor,
Das armas aliviados.

Uma parte dos guerreiros
Ficou ali a zelar
Das armas, enquanto a outra
Foi ao rei se apresentar.
— Entra em paz, bom Beowulf —
Disse o nobre Hrothgar.

— Bem-vindo, filho de Egídio,
Que vem a mim como amigo.
Conheço tuas façanhas,
Por isso mesmo é que digo:
A nossa terra hoje geme
Ante um terrível perigo.

— Salve, nobre Hrothgar!
Como amigo te saúdo.
Venho oferecer combate,
Sem lança, espada ou escudo,
Contra este ser que do mal
Parece conhecer tudo.

Ouvi contar as histórias
Desta horrível criatura.
E decidi que viria
Pôr fim a esta loucura.
Hoje o monstro vai achar
O que ele há tempos procura!

Dizem que as garras cortantes
São as armas desse ente.
Pois, desprovido de armas,
Vou combatê-lo de frente
E, então, todos saberão
Se Beowulf é valente!

Mas, se na luta eu morrer,
Peço que um favor me faça:
Envie ao rei Hygelac,
Da Gotlândia, esta couraça,
Que foi usada por todos
Os bravos da minha raça.

Ouvindo aquilo, o monarca
Fez-lhe breve saudação
E erguendo a taça falou:
— Ó filho de outra nação,
Eu brindo à tua vitória,
Pela nossa salvação!

Ó amado Beowulf,
Em ti reconheço o brilho
Do meu grande amigo Egídio,
Do qual tu segues o trilho.
As qualidades do pai
Eu vejo todas no filho.

Os feitos de Beowulf
Cantados por um jogral
Foram louvados por muitos
Naquele salão real,
No entanto, um dos guerreiros
Sentiu inveja fatal.

Com a taça de hidromel,[5]
O rei brindou e bebeu.
O moço retribuiu
E ao bom rei agradeceu,
Quando uma nuvem escura
No salão apareceu.

Hunferth, filho de Ecglaf,
Pelo orgulho possuído,
Disse: — Ó bravo Beowulf,
Se fosses tão destemido,
Para o teu amigo Breka
Jamais terias perdido!

Perdeste por desdenhares
De Breka naquela hora.
Não deste ouvido aos conselhos
E sobreveio a piora.
Será que um novo fracasso
Não vai repetir-se agora?!

Tranquilamente, o herói
Respondeu ao invejoso:
— Meu bom Hunferth, eu não nego:
Breka é homem valoroso,
Mesmo assim, por muito pouco,
Não saí vitorioso.

[5] Bebida fermentada à base de mel e água, aparece como a favorita dos deuses na mitologia nórdica.

Eu e ele ainda éramos
Pouco mais que adolescentes,
Nadando no mar revolto,
Enfrentamos as correntes.
Por cinco dias seguidos
Demonstramos ser valentes.

Na travessia lutamos
Com seres bem pavorosos.
Protegidos pelos deuses,
Contra os monstros escabrosos.
Em cada luta renhida
Saímos vitoriosos.

Mas numa noite invernosa,
De terrível tempestade,
Fui atacado por feras,
E, só com dificuldade,
Pude livrar-me de todas,
Com rara felicidade.

Breka, então, se aproveitou,
Quando em perigo me achei,
Nadou com agilidade,
Da mesma forma nadei,
Chegando às costas da terra
Onde ainda hoje é rei.

Depois, cheguei à Finlândia,
Onde deixei minha marca.
Hoje, porém, mais maduro,
Me encontro na Dinamarca.
E amanhã cedo veremos
A quem a fortuna abarca.

Assim falou Beowulf
Para alegria geral.
Hunferth ficou remoendo
Sua inveja bestial,
Enquanto o grande herói era
Louvado pelo jogral[6].

Daí a pouco o salão
Ficou mais iluminado.
Waldiwa, esposa do rei,
Veio sentar-se a seu lado,
Enquanto o hidromel era
Por todos apreciado.

Naquele momento o sol
Nas montanhas se afundava.
Com um cortejo de estrelas,
A noite logo chegava
E, oculta, na escuridão,
A morte se aproximava.

A corte dinamarquesa
Logo deixou o salão;
Ficaram somente os godos,
Imersos na escuridão,
Confiando em Beowulf
Para vencer o *dragão*.

---

[6] Artista popular que atuava nas praças e também nas cortes cantando composições próprias ou de outros autores.

Os companheiros do moço,
Sentindo grande torpor,
Adormeceram buscando
O sono reparador;
Ele, porém, não dormiu,
Demonstrando seu valor.

O moço provou que era
Prudente antes de ser forte,
Porque o pior dos flagelos
Dos velhos reinos do norte
Logo chegava ao castelo
Trazendo tristeza e morte.

Grendel, o monstro do pântano,
Logo arrancou o portão,
E agarrou um dos guerreiros,
Causando destruição,
Mas o castelo, esta noite,
Tinha um novo guardião.

Quando Grendel preparava
Para matar o segundo,
Sentiu que era segurado
E, num suspiro profundo,
Lamentava ter saído
Daquele pântano imundo.

Tentou, mas não conseguiu
Livrar-se do forte abraço,
O moço apertou-lhe tanto
Que quase trinca o espinhaço,
E o monstro, desesperado,
Acabou perdendo um braço.

Os uivos daquela besta
Ecoaram no castelo,
E o reino já vislumbrava
O fim do grande flagelo,
Como sinal de que o monstro
Ia perdendo o duelo.

Ainda pôde fugir,
Vendo aproximar-se o dia.
Deixando um rastro de sangue
O desgraçado fugia,
Indo internar-se no antro
Tenebroso onde vivia.

Os homens de Hrothgar,
Seguindo o rastro de sangue,
Viram a trilha acabar
Naquele sinistro mangue,
Onde o monstro moribundo
Foi se esconder já exangue.

Voltaram dizendo ao rei:
— Grendel não existe mais! —
Outros foram pelo mundo
Louvando o bravo rapaz,
Que, derrotando o demônio,
Restabeleceu a paz.

O chão da sala foi limpo
E, numa solenidade,
Hrothgar tornava pública
A sua felicidade,
Pois Beowulf mostrara
Que era um herói de verdade.

E ofereceu ao rapaz
A espada da vitória
E vários outros presentes,
Celebrando a sua glória,
Entre os quais oito corcéis,
Segundo conta a história.

O braço daquele ogro[7]
Ficou na parede exposto.
Enquanto o povo sorria,
Um só sentia desgosto:
Era o guerreiro Hunferth,
Que até escondia o rosto.

Mas o dia era de festa,
De riso, de diversão.
Beowulf, o grande herói,
Que libertara a nação,
Sequer podia pensar
Numa nova provação.

Quando anoiteceu, o moço,
Por mostrar-se extenuado,
Fora conduzido até
Um aposento afastado,
Para restabelecer-se
Do combate encarniçado.

---

[7] Criatura presente em vários contos folclóricos, geralmente representado como um gigante que se alimenta de carne humana.

Os guerreiros do castelo
Também foram descansar.
Depondo as armas, deitaram-se,
Sem o perigo esperar.
Porém, dormindo, não viram
Outro demônio chegar.

Grendel, o monstro que fora
Por Beowulf vencido,
Arrastou-se até o pântano,
Fazendo enorme alarido,
E, moribundo, ainda foi
Por sua mãe socorrido.

Quando viu chegar em casa,
Muito ferido, Grendel,
A criatura maldita,
Exalando enxofre e fel,
Resolveu vingar o filho,
Com uma fúria cruel.

E foi até o palácio,
Assim que a noite chegou.
Viu que os guerreiros dormiam,
Por isso não se abalou,
Agarrando um infeliz,
Para o abismo o levou.

Contentou-se só com este,
Porque já tinha certeza
Que, quando o dia nascesse,
Tomado pela tristeza,
Beowulf iria atrás
Dela até a profundeza.

Quando todos despertaram,
Sentiram da morte o cheiro:
Deram por falta de Askher,
De Hrothgar escudeiro,
Melhor amigo do rei
E formidável guerreiro.

Beowulf levantou-se
E seguiu alegremente;
Ao cumprimentar o rei,
Notou algo diferente.
Logo percebeu que a morte
Voltara àquele ambiente.

Hrothgar assim falou:
— Tu derrotaste Grendel,
Mas veio das profundezas
Outro demônio cruel
E novamente a desdita
Sujou o nosso vergel.

Todo ser tem uma mãe,
O monstro também o tem,
Pois as crônicas antigas
Descrevem-na muito bem.
A este salão festivo,
A morte de novo vem.

Esse demônio que tem
A forma de uma mulher
Foi o que tirou a vida
Do infortunado Askher.
Quem derrotá-la, terá
De mim tudo o que quiser.

—Ah! filho de Halfdane —
Disse o moço num arroubo —
Com estes braços apenas
Derrotei o homem-lobo,
Vencerei a loba velha,
Que ousou perpetrar tal roubo.

E, convocando os guerreiros,
O moço seguiu avante.
O rastro sanguinolento
Os conduziu bem distante
Até o pântano maldito,
O lar da mãe do gigante.

Vendo a cabeça de Askher
Numa árvore pendurada.
Depressa compreendeu
Da mãe do monstro a cilada,
Mesmo assim não se abalou —
Não tinha medo de nada.

Viu grande mancha de sangue
Num oceano de lodo.
E entendeu que deveria
Fazer o serviço todo,
Enfrentando a mãe do monstro,
Com desassombro e denodo.

Aquele abismo escondia
Os monstros descomunais.
Um deles saltou da água
Para matar o rapaz,
Porém ele derrotou-o,
Mostrando que era capaz.

Porém sua javalina[8]
Ficou inutilizada,
Mas Hunferth disse assim:
— Fica com a minha espada. —
Mostrando-se arrependido
Daquela cena passada.

Beowulf a recebeu,
Provando cavalheirismo,
E, em demanda da gigante,
Precipitou-se no abismo.
Nunca se viu nem verá
Ato maior de heroísmo.

Serpentes e outras feras
Tentavam cercar o moço,
Mas ainda não havia
Chegado ao fundo do poço,
Quando enfrentaria, enfim,
Um verdadeiro colosso.

E, confiado em Donar
E na força do seu braço,
Ia abrindo seu caminho,
Contra qualquer embaraço.
Onde acertava a espada,
Deixava só o bagaço.

---

[8] Arma antiga em forma de dardo.

Até que mergulhou fundo
E, vencendo a escuridão,
Viu-se numa horrenda furna,
Que parecia um salão,
Sem a presença das ondas,
Um reino de maldição.

Ao alcançar a caverna,
Ele seguiu confiante.
De repente, viu à frente
Um oponente possante
E, como um clarão nas trevas,
Conheceu que era a gigante.

E, num gesto natural,
Fez uso de sua espada.
O golpe derrubaria
Uma fortaleza armada,
Mas contra aquele demônio
O aço não vale nada.

Vendo o rapaz indeciso
O monstro logo o agarrou
E, com fúria desmedida,
Num instante o derrubou,
Mas quando ia matá-lo,
Beowulf o segurou.

E, conseguindo aprumar-se,
Equilibrou-se a disputa.
Dando uma queda na fera,
Fazendo tremer a gruta,
Mas ele viu que seria
Difícil vencer a luta.

Vendo que só com as garras
Não conseguiria nada,
O monstro logo fez uso
De uma faca amolada,
Mas a couraça do moço
Livrou-o desta cilada.

Quando a fera deu o golpe,
Não pôde matar o moço,
Pois este tomou-lhe a faca
E cravou-a no pescoço,
Atravessando-lhe a carne,
Indo fincar-se no osso.

A gigante deu um urro,
Sufocada pelo corte,
E, afogada no seu sangue,
Conheceu a própria morte,
Soltando o último suspiro
Aos pés do guerreiro forte.

Depois do grande combate,
Beowulf, triunfante,
Percorreu todo o salão,
Quando avistou, radiante,
Junto à lareira uma espada
Forjada por um gigante.

Pegou a possante espada
Com as duas mãos e seguiu.
Adiante, num grande leito
Grendel ferido ele viu.
Com um só golpe, a cabeça
Do corpo se despediu.

Toda a lâmina fundiu-se
Ao contato do calor
Do sangue amaldiçoado
Do monstro devorador,
Mas o moço tinha às mãos
A cabeça do traidor.

Com muito esforço, o rapaz
Deixou aquela caverna.
Os dois gigantes dormiam,
O sono da noite eterna,
Porque o mal só domina
Enquanto a virtude hiberna.

Às margens daquele charco,
A vigília prosseguia.
Os bravos guerreiros godos
Esperaram todo o dia
Pelo líder Beowulf,
Exemplo de valentia.

E, depois de tantas horas
De uma angustiante espera,
Como o inverno que se vai,
Dando vez à primavera,
Do pântano surge o moço
Com a cabeça da fera.

O verde-escuro das águas,
Ao vermelho misturado,
Era a testemunha viva
Que o moço havia lutado
Com Grendel e sua mãe
E os havia derrotado.

Enquanto isso, no *Cervo*,
Reinava grande tristeza.
Se o moço perdesse a luta,
Não havia mais defesa
E o monstro daria fim
À corte dinamarquesa.

E foi enorme a surpresa
Quando surgia na estrada
A comitiva dos godos,
Pelo moço liderada.
A cabeça de Grendel
Por quatro era carregada.

Ao entrarem no salão,
Ouviram de Hrothgar:
— Ó Beowulf, não tenho
Palavras para louvar
Os teus feitos, tuas glórias,
Tua figura sem par.

E aquele dia inda foi
Lauto banquete servido
Comemorando as façanhas
Do guerreiro destemido,
Que, Hrothgar prometeu,
Jamais seria esquecido.

Após o último pernoite,
Os godos se prepararam.
De presentes cumulados
Para o barco retornaram,
E aos penhascos da Gotlândia
Em pouco tempo chegaram.

Hygelac os aclamou
Pelas notáveis façanhas.
O nome de Beowulf,
Em suas grandes campanhas,
Foi levado pelos ventos
Por vales, rios, montanhas.

Passou-se o tempo e o bom rei
Envolveu-se numa guerra
Contra os frisões, povo bárbaro,
E se o poema não erra,
Contam que acabou morrendo,
Defendendo a sua terra.

Depois da guerra sangrenta,
Que em poucas linhas narrei,
Os cortesãos pretendiam,
Passando em cima da lei,
De Beowulf fazer
Daquele país o rei.

O moço, porém, não quis,
E mostrou fidelidade
Ao jovem Heardred, seu primo,
Serviu com dignidade,
Comprovando, assim, que a força
Nada é sem lealdade.

Todavia o jovem rei,
Desprotegido da sorte,
Se indispôs com os suecos,
Que viviam mais ao norte.
Por uma mão traiçoeira
Findou encontrando a morte.

Beowulf desta forma
Acabou entronizado.
A fama que granjeara
O fazia muito honrado,
Pois ele fez da justiça
A marca do seu reinado.

Depois dos fatos narrados,
Passados cinquenta invernos,
Foram tantas glórias que
Não cabem em cem cadernos,
Mas se estas são imortais,
Os heróis não são eternos.

Durante todo esse tempo,
Seu reino ficou em paz,
Pois fez da sabedoria
A arma mais eficaz
Para vencer a cobiça
Que tantos estragos traz.

Mas um cortesão, malvisto,
Buscando reputação,
Ofereceu-lhe uma taça,
Dizendo, com presunção,
Que a mesma fora roubada
Do tesouro de um dragão.

De ouro e pedras preciosas
Esta taça era adornada.
O homem logo explicou
De onde ela fora tirada:
Uma caverna que estava
De riqueza abarrotada.

E roubara muito mais:
Enquanto o dragão dormia
Ele, sorrateiramente,
Algo lhe subtraia,
Imaginando que a fera
Nunca, jamais, saberia.

Porém esse dragão fora
Em eras muito distantes
Um membro da feroz raça
Dos orgulhosos gigantes,
Inimigos de Donar,
Bandidos repugnantes.

Depois de furtos sem fim,
O monstro, por desaforo,
Transformou-se num dragão
E levou todo o seu ouro
Para uma grande caverna,
Onde escondeu o tesouro.

E ao notar que seu tesouro
Em parte fora roubado,
Para vingar a afronta,
Saiu como celerado,
Levando a dor e a morte
A todo aquele reinado.

Beowulf, quando soube,
Mesmo sendo um ancião,
Armou-se como guerreiro
E seguiu na direção
Da caverna que escondia
O tesouro do dragão.

Doze homens acompanharam
O velho rei ao penedo,
Na ânsia de descobrir
Deste dragão o segredo,
Mas, na entrada da caverna,
Pararam com muito medo.

O rei adentrou a gruta,
Mas estancou um momento,
Em seu íntimo aflorava
Um triste pressentimento:
Que não sairia vivo
Desse combate cruento.

Uma nuvem de fumaça
Das profundezas da gruta
Era o sinal que o dragão,
Naquela furna poluta,
À espera do oponente
Estava pronto pra luta.

E o monstro verde exalava
Labaredas infernais,
Beowulf nada via,
Mas se esforçava demais
Pra pôr fim ao mais horrendo
De todos os animais.

Brandiu a possante espada,
Ferindo o dragão de leve,
Porém o lendário herói
De cabelos cor de neve,
Sentindo o peso dos anos,
Vê que seu fim está breve.

As labaredas haviam
Destroçado seu escudo,
O elmo estava fundido
E seu couro cabeludo
Já se achava chamuscado —
Parecia o fim de tudo.

Mesmo cego manejava
A sua espada possante,
Quando sentiu no pescoço
Uma garra do gigante,
Tentou livrar-se sem êxito
Desse monstro extravagante.

Porém o bravo Wiglaf,
Seu escudeiro fiel,
Gritou aos outros soldados:
— Neste momento cruel,
Ninguém ousa defender
O vencedor de Grendel?

Como não houve resposta,
Ele se precipitou
E nas trevas da caverna,
Brandindo o aço, adentrou,
Em defesa de seu amo
Com o dragão deparou.

Naquele momento, o rei
Com as mãos nuas lutava.
Wiglaf feito um raio
Em seu auxílio chegava
E no flanco do dragão
Um golpe descarregava.

Sem poder se defender,
O monstro se contorceu.
Mais uma vez Wiglaf
Nele a espada desceu.
Com o rugido da fera
A caverna estremeceu.

Beowulf ainda achou
A espada e, em seguida,
Mesmo enxergando pouco,
Com coragem desmedida,
Deu um golpe que deixou
O dragão no chão, sem vida.

Beowulf pediu água,
Sentindo a morte chegar.
Wiglaf ainda tem tempo
De o seu rosto borrifar
E de ouvir o rei dizer:
— Reinarás no meu lugar.

Ainda quis dizer mais,
Sem força perdeu a fala,
Fecha os olhos para sempre
O último suspiro exala,
E seu espírito alça voo
Para o distante Valhala[9].

Wiglaf ajoelhou-se
Junto do corpo chorando.
Na hora, os demais guerreiros
Já foram se aproximando
Aquele quadro medonho
Tristemente contemplando.

Wiglaf, assim que os viu,
Disse: — Agora todos vêm!
Podem ficar sossegados,
Pois nenhum perigo tem.
Não vive mais o dragão
Nem nosso amo também.

---

[9] A morada dos deuses, na mitologia nórdica, era também o local para onde iam as almas dos heróis mortos em combate.

Quanto ao tesouro que foi
Por muitos ambicionado,
Ninguém lançará mão dele
Sem por ele ter lutado.
Com este herói que aqui jaz
Ele será enterrado.

E, conforme as ordens dadas,
Os homens, de prontidão,
Arrastaram para o mar
O monstruoso dragão,
Que mergulhou a Gotlândia
Na mais densa escuridão.

E muitos por Beowulf
Verteram sentido pranto,
Pois a notícia da morte
Alcançara todo canto
E a dor envolveu a terra
Com seu tenebroso manto.

Uma pira funerária
Para o herói foi erguida.
Logo as chamas abraçaram
Aquele que foi, em vida,
A encarnação da honra
E a espada mais temida.

Em volta daquela pira,
Doze bravos cavaleiros,
Relembravam com saudade
Seus feitos aventureiros,
Cantando hinos de louvor
Ao mais nobre dos guerreiros.

Enterraram suas cinzas
Junto do grande tesouro.
Durante um tempo, no reino,
Ouvia-se o triste coro,
Lembrando os feitos do herói,
Em meio à dor e ao choro.

Com o tempo a dor passou,
Ficou somente a memória
De um homem que mereceu
Em vida alcançar a glória,
Deixando pra eternidade
O nome escrito na história.

Para saber mais:

Carmem SEGANFREDO; A. S. FRANCHINI. *Beowulf*. Porto Alegre: Artes e Ofícios, 2007.

Diego KLAUTAU. *Os dois olhos do dragão*: uma análise de *Beowulf* a partir de Tolkien e Borges. In: *Ciberteologia* - Revista de Teologia & Cultura - Ano VII, n. 33.

Elton Oliveira de Souza MEDEIROS. *O rei, o guerreiro e o herói*: *Beowulf* e sua representação no mundo germânico (dissertação de mestrado). São Paulo: Universidade de São Paulo, 2006.

Nair LACERDA. *As melhores histórias da mitologia de todo o mundo*. Rio de Janeiro: Ediouro, sd.

Thomas BULFINCH. *O livro de ouro da mitologia*. Rio de Janeiro: Ediouro, 2006.

Sobre o autor

Marco Haurélio nasceu em Ponta da Serra, localidade do município de Riacho de Santana, sertão da Bahia, a 5 de julho de 1974. Foi inserido no mundo fascinante do folclore por sua avó Luzia Josefina, uma verdadeira enciclopédia de sabença, que lhe apresentou ainda a literatura de cordel e as composições anônimas em versos, que contavam histórias de bois fujões e onças invencíveis. Os contos narrados pela avó o levaram a pesquisar a tradição oral da região onde nasceu. Esse trabalho, acrescido de uma recolha, resultou nos livros *Contos folclóricos brasileiros* (Paulus), *Contos e fábulas do Brasil* (Nova Alexandria), além de *O Príncipe Teiú e outros contos brasileiros* (DeLeitura).

Graduado em Letras pela Universidade do Estado da Bahia-UNEB, dedica-se ainda à literatura infantojuvenil. Pesquisador da Cultura Popular Brasileira, tem artigos publicados em revistas literárias e pedagógicas. Lançou *Breve história da Literatura de Cordel* (ed. Claridade). Pela Luzeiro, tradicional editora de cordéis, publicou, *História da Moura Torta*, *Os três conselhos sagrados*, *O herói da Montanha Negra*, *O cordel: sua história, seus valores* (com João Gomes de Sá), *Florentino e Mariquinha no Tribunal do Destino*, entre outros. Para a coleção Clássicos em Cordel, da editora Nova Alexandria, adaptou *A megera domada*, de Shakespeare, e *O Conde de Monte Cristo*, de Alexandre Dumas. Em 2011, o melhor de sua produção poética foi reunido pela Global Editora no livro *Meus Romances de Cordel.*

Sobre o ilustrador

Luciano Tasso nasceu em 1974 em Ribeirão Preto, interior paulista. Formou-se em Comunicação Social pela Escola de Comunicação e Artes da USP e trabalhou durante nove anos como diretor de arte para agências de publicidade em São Paulo e no exterior. Desde 2007 atua como ilustrador para livros e revistas, na produção de filmes e séries animadas e Histórias em Quadrinhos. Em 2008 venceu o Salão Internacional de Desenho para a Imprensa de Porto Alegre na categoria ilustração editorial. Em parceria com Marco Haurélio, ilustrou *Meus Romances de Cordel* (ed. Global, 2010) e *Os 12 Trabalhos de Hércules* (ed. Cortez, 2013).

A arte

As ilustrações para este livro foram feitas a partir de uma vasta pesquisa dos símbolos, desenhos, esculturas, armas e adereços pertencentes à cultura do período Viking. Com esse material, o ilustrador fez uma espécie de colagem, utilizando fragmentos dessas formas para compor as imagens que acompanhariam a narrativa dos poemas. Com suas matrizes criadas, as ilustrações foram tratadas no computador para adquirirem aspecto envelhecido, imitando o material arqueológico original daquela época.